niñera de

monstruos

W9-CUI-240

Título original: *The Pipplewaks at Number 66*,
publicado por primera vez en el Reino Unido
por Hodder Children's Books,
una división de Hachette Children's Books
© Texto: Kes Gray
© Ilustraciones: Stephen Hanson

© Grupo Editorial Bruño, S. L., 2012
Juan Ignacio Luca de Tena, 15
28027-Madrid

www.brunolibros.es

Dirección del Proyecto Editorial: Trini Marull
Dirección Editorial: Isabel Carril
Edición: Cristina González
Traducción: Begoña Oro
Preimpresión: Equipo Bruño
Diseño de cubierta e interiores: Equipo Bruño

ISBN: 978-84-216-8761-1
D. legal: M-7213-2012
Printed in Spain

niñera de monstruos

ⓑ Bruño

LOS PIPPLEWAK

KES GRAY

—Si los monstruos existen,
¿por qué nunca he visto uno, papá?
—preguntó Nelly.

—Porque nunca salen —contestó
su padre.

—¿Y por qué no salen?

—Porque nunca consiguen canguro
para que se quede cuidando
a sus hijos.

—¡Pues yo seré Nelly, la niñera
de monstruos!
—sonrió Nelly.

—¡  aldito gato! —gritó Nelly, que salió zumbando tras él escaleras abajo, y luego por toda la cocina, hasta llegar al jardín.

Sus padres levantaron la vista por encima de sus tazas de café para observar cómo Nelly movía los brazos como si fueran las aspas de un helicóptero mientras corría por el césped persiguiendo a *Barney*, el gato blanco y negro del vecino.

Cuando Asti, la hermana gemela de Nelly, entró en la cocina y vio la escena del jardín, gimió:

—¡No, otro pájaro, no! ¡Ese gato siempre está cazando pájaros! —y fue corriendo a ayudar a Nelly en su misión de rescate.

El padre de las gemelas dejó su taza sobre la mesa de la cocina y dijo:

—*Barney* se limita a cumplir lo que le manda la naturaleza. Es un gato, y lo que hacen los gatos es comer pájaros.

—Pero es que resulta que *Barney* no se come los pájaros que caza —intervino mamá—. Solo juega con ellos... hasta que se mueren.

—Que es lo que hacen todos los gatos —replicó el padre en defensa de *Barney*.

—Pues te diré otra cosa que también hacen los gatos —añadió la madre—. Y es algo que hacen por todo el jardín: en nuestro huerto, en tooooodas nuestras macetas...

—Tienes razón. Maldito gato —dijo papá, y salió corriendo al jardín.

Nelly y Asti habían logrado acorralar a *Barney* contra un arbusto, y allí estaba el minino, agazapado bajo las ramas, observando a las gemelas con esa mirada asesina tan típica de él.

—Creo que esta vez ha cazado un gorrión —dijo Asti.

—Sí, uno pequeñito —afirmó Nelly al ver el color de las plumas que asomaban por la boca del gato.

—¿Qué podemos hacer para que lo suelte? —preguntó Asti.

—No lo sé —respondió Nelly mientras se adelantaba unos pasos... y volvía a retroceder enseguida.

El problema era que, cada vez que una de las gemelas se acercaba a él, *Barney* cerraba las mandíbulas con más fuerza. Y una de esas veces hasta llegó a gruñirles.

—¡No sabía que los gatos gruñeran! —gritó Asti, para la que la maldad de *Barney* se había vuelto satánica total en cuestión de minutos.

El padre se acercó a las gemelas y les rodeó los hombros para consolarlas.

—Ese pájaro está muerto —dijo, meneando la cabeza—. A veces, la madre naturaleza es cruel. Ya no podemos hacer nada, chicas.

—A lo mejor yo sí que puedo hacer algo... —replicó Nelly mientras sacaba un cubo metálico del cobertizo de las herramientas y cogía la pala que estaba sobre la jaula de *Bola de Nieve*, el conejo de la familia.

Luego se acercó al gato y, cuando él salió pitando, Nelly le atizó un golpetazo al cubo con la pala.

Un fortísimo sonido metálico resonó por todo el jardín. El gato pegó un bote, espantado, bajó la cola y saltó la valla... con el pájaro todavía en la boca.

—Pensé que, si lo asustaba, abriría la boca y lo soltaría —suspiró Nelly—. Así, por lo menos podríamos haberlo enterrado.

Papá llevó a las gemelas de vuelta a la cocina. En el fondo se sentía aliviado por no tener que pasar por todo el follón de un funeral con caja de zapatos incluida.

—Es ley de vida. La naturaleza es sabia —les recordó solemnemente a sus hijas cuando entraron en casa.

LOS PIPPLEWAK

—¿La naturaleza es sabia, en serio? ¿Y de qué sirve que los gatos se coman a los pájaros? —preguntó Asti, que no estaba por la labor de perdonar a *Barney*.

El padre se concentró de nuevo en su taza de café y luego titubeó:

—Pues... para... para... para mantener la población de pájaros en... en su nivel adecuado —dijo.

—¡Pero si cada vez hay menos pájaros en el mundo, sobre todo pájaros cantores! —protestó Nelly—. En algunos países los cazan para comérselos, en otros los cazan solo por deporte...

—... y en otros les ponen veneno para que no se zampen las cosechas —añadió Asti, que había leído el mismo artículo en la misma revista que Nelly.

—Y ese maldito gato sigue cargándoselos, también —masculló Nelly—. ¡Este es el tercer pájaro que despacha en lo que va de semana!

Papá decidió retirarse de la discusión. Sus hijas rara vez se ponían de acuerdo en algo, pero las pocas veces que lo hacían, no había quien les replicase.

—¡Eh, chicas! ¿No os apetece desayunar con mamá y conmigo? —propuso alegremente.

—Yo no tengo hambre —dijo Asti, y se fue al cuarto de estar.

—Yo tampoco —dijo Nelly mientras subía a su cuarto para escribir en su diario de niñera de monstruos. Desde las escaleras, le dio tiempo a echarles en cara a sus padres—: ¿Cómo podéis comer después de lo que le ha pasado a ese pobre pájaro?

—¡Sí, sois unos gatófilos! —estuvo de acuerdo Asti.

Papá miró su taza de café con aire desconsolado.

—Maldito gato —refunfuñó.

—Sí, maldito —suspiró mamá.

elly se sentó junto a la ventana de su dormitorio y cogió el rotulador morado de punta fina.

Tras suspirar tristemente por la última víctima del gato del vecino, escribió la palabra «PIPPLEWAK» en su diario secreto de niñera de monstruos y al instante se sintió mucho mejor.

Esa tarde le tocaba hacer de canguro para los Pipplewak que vivían en el número 66 de la avenida del Caramelo Relleno. Ya había hecho de cuida-

17

dora para los Pipplewak de la calle del Chicle de Menta, pero era la primera vez que iba a la avenida del Caramelo Relleno. Y a Nelly le gustaban las primeras veces. Había algo emocionante en lo desconocido.

Guardó el rotulador y empezó a hojear las páginas de su diario. A medida que repasaba sus aventuras, se le iba dibujando una gran sonrisa en la cara.

—¡Espero que los Pipplewak de la avenida del Caramelo Relleno no tengan también trillizos! —se dijo entre risas mientras metía el diario en su escondite habitual (una botella de agua caliente abierta por la mitad).

Como no tenía que estar en casa de los Pipplewak hasta las dos, aún le quedaba un montón de tiempo para preparar su equipo de niñera de monstruos. Y menos mal, porque su jersey favorito, el que ponía «SARDI-NA», todavía estaba en el cesto de la ropa para planchar y, conociendo como conocía a su madre, Nelly sabía que podría seguir allí durante mucho tiempo. A mamá le gustaba planchar tanto como a Nelly comer carne, o sea, nada de nada.

Al bajar de su cuarto, Nelly ya estaba casi lista para hacer de niñera de monstruos. Llevaba las zapatillas rojas con doble lazada, los vaqueros verdes y el pelo, negro como el regaliz, peinado y recogido en una coleta.

Cuando entró en la cocina, su madre estaba pelando patatas.

—Necesito mi jersey de «SARDI-NA», por favor, mamá —dijo Nelly mientras lo sacaba del imponente rascacielos de ropa que había en la cesta de la plancha.

Mamá dejó de pelar patatas duran-te un segundo, se volvió hacia la cesta y se puso pálida. Se había quedado como congelada, y parpadeaba sin nin-guna expresión en la cara. Era como si se hubiera formado una pared invisible entre ella y la ropa para planchar.

Nelly le colocó el jersey justo delan-te de los ojos y luego lo movió muy despacito de un lado a otro, igual que los médicos mueven el dedo ante un paciente para comprobar si ve doble.

El pelador de patatas cayó al suelo con un sonoro *clinggg* y la madre de

Nelly soltó un gruñido como de oso pardo que sonó más o menos así:

—¡¡¡CLIFFORD!!!

El hechizo de la colada acababa de romperse, y Nelly dio un prudente paso atrás.

Se oyó el sonido de unas zapatillas arrastrándose por el suelo y papá asomó tímidamente la cabeza por la puerta de la cocina, sonriendo con cara de corderito:

—¿Sí, cariño mío?

—¡Hay toneladas de patatas para pelar y toneladas de ropa para planchar! ¡Elige! —respondió mamá, que había recogido el pelador de patatas del suelo y ahora lo empuñaba como si fuese un arma letal.

Papá miró con horror la inmensa pila de ropa para planchar.

—Las patatas —dijo, para el fastidio de su mujer.

—Nelly, voy a tener que tomarme como mínimo un par de cafés antes de poder pensar siquiera en plancharte ese jersey —la informó su madre mientras lanzaba miradas asesinas a la plancha.

—Vale, volveré más tarde —dijo Nelly, y se retiró al cuarto de estar.

La alianza amistosa que Asti y Nelly habían formado minutos antes se disolvió en cuanto Nelly se sentó en el sofá.

—¿Quién te ha dado permiso para usar esa camiseta que llevas puesta? —dijo Asti con cara de estar comiéndose un limón bien ácido.

Nelly se miró la camiseta y se encogió de hombros.

—No la estoy usando. La he cogido prestada —explicó—. Mamá lleva lo menos siete años sin planchar, y ya no me queda nada que ponerme.

Asti se cruzó de brazos, enfadada.

—Pues ni sueñes que vas a hacer de niñera de un monstruoso Poppleplop de esos con mi camiseta. He visto tu *post-it* en el espejo de la entrada y sé adónde vas esta tarde, pero no será con mi camiseta.

—Son Pipplewak, no Poppleplop —la corrigió Nelly, un poco harta.

—Me da igual cómo se llamen —replicó Asti—. No pienso dejar que llenes mi camiseta de babas viscosas

23

y repugnantes —y acabó gritando con su voz especial de víctima—: ¡Ma-mááááá!

—¡Ni se te ocurra interrumpirla! —dijo Nelly—. Está planchando.

Asti se lo pensó mejor y se quedó sentadita y callada.

—Y, para tu información —continuó Nelly—, los Pipplewak no son nada viscosos. Tienen plumas.

—Pues, para tu información —respondió Asti—, no te presto mi camiseta.

—Pues, para tu información —añadió Nelly—, no necesito ninguna de tus asquerosas camisetas para hacer de niñera. No la querría ni aunque fuese la última camiseta en toda la Tierra.

»Vamos, que no utilizaría tus camisetas ni para limpiarle el trasero a un
bebé Grerk.

—Me alegro —dijo Asti—, porque, de ahora en adelante, nunca más volverás a ponerte algo mío.

—Sí que lo haré.

—No, no lo harás.

—Sí.

—No.

—Sí.

—No.

—Sí.

—No...

Trescientos setenta y nueve síes y noes más tarde, mamá apareció en el cuarto de estar con el jersey de Nelly bastante arrugado en la parte de las mangas, pero pasablemente planchado en el resto de zonas.

—Es dificilísimo planchar alrededor del estampado de la palabra «SAR-DINA». Nelly, por favor, no vuelvas a comprarte un *solo jersey* parecido —dijo casi sin aliento.

Nelly lo sujetó en alto para inspeccionarlo mejor.

—Deberías darle la vuelta y plancharlo del revés, mamá —sugirió—. Así no tendrías que preocuparte por el estampado.

Su madre frunció el ceño:

—No, hija mía... *TÚ* deberías darle la vuelta y *TÚ* deberías plancharlo del revés. De hecho, a partir de ahora, quizá te gustaría planchar tu propia ropa, Petronella Morton.

Nelly gimió al oír su nombre completo y volvió a sentarse en el sofá.

—¡Huy, yo creo que a Nelly le encantaría plancharse su propia ropa! —remató Asti con tono triunfal.

uando Nelly salió de casa, mamá todavía seguía bufando y resoplando ante la tabla de planchar.

—¡SÍ! —le gritó Nelly a su hermana justo antes de marcharse dando un portazo.

—¡NO! —le gritó Asti desde una ventana del piso de arriba, cuando Nelly ya estaba a punto de cruzar la calle en dirección a la avenida del Caramelo Relleno.

«Esta Asti no sabe cuándo parar... ¡Mira que es infantil!», iba diciéndose Nelly mientras sorteaba el tráfico de la tarde del sábado.

Entonces se volvió y, ya desde la otra acera, miró hacia su casa. No le sorprendió lo más mínimo ver que Asti aún seguía asomada a la ventana, mirándola. Y entonces le gritó, desafiante:

—¡SÍ! ¡SÍ! ¡SÍ!

Mientras gritaba, Nelly se tapó las orejas y salió disparada antes de que su hermana pudiera contestar.

Por si acaso, no se destapó las orejas hasta que terminó de recorrer toda la calle del Coco.

—Ssssí —susurró en voz baja, por si acaso Asti había sido TAAAAAN

infantil como para responderle con un
«NO» mientras ella no la oía.

Hacía un par de años que habían
construido unas casas nuevas en la ur-
banización Montelimar, y justo en medio de esas casas estaba la avenida
del Caramelo Relleno.

Nelly sabía exactamente dónde se
encontraba el número 66 porque a sus
amigos y a ella los habían echado del
número 64 cuando jugaban ahí y la
zona aún estaba en obras.

El capataz de las obras iba persi-
guiéndolos hecho una furia cuando, de
repente, tropezó con un saco de yeso
y se cayó de cabeza sobre un montón
de tierra, lo que permitió escapar a
Nelly y sus amigos (mientras se par-
tían de risa, claro).

Aunque ya hacía tiempo que las casas estaban construidas y habitadas, cada vez que pasaba por allí, Nelly todavía temía encontrarse con aquel capataz furioso.

Paró para cruzar la calle Mayor, pasó rápidamente por la calle del Platillo Volante y correteó por la calle de la Frambuesa. Ni rastro del capataz. En un momento estaría en la avenida del Caramelo Relleno.

Cuando por fin llegó, Nelly se quedó sorprendida al ver cuánto había cambiado aquella zona. Ya no había montones de ladrillos por los que trepar, ni montañas de tierra sobre las que saltar, ni obreros enfadados ante los que salir huyendo...; solo hileras de casitas, todas iguales.

LOS PIPPLEWAK

Nelly se detuvo un momento frente al número 66 de la avenida del Caramelo Relleno y examinó con curiosidad la puerta del jardín de los Pipplewak. Le recordaba a la puerta de la jaula de un periquito, con sus barrotes metálicos y su pestillo.

La puerta del jardín chirrió un poco al abrirse y se quedó algo inclinada, reposando sobre un laurel recién plantado.

—¡Típico de los Pipplewak! —sonrió Nelly, y mientras avanzaba por el caminito de entrada a la vivienda, trató de alisar una arruga del jersey que su madre acababa de plancharle.

Se detuvo ante la puerta principal. No había timbre para llamar, solo una pesada aldaba de bronce.

Nelly miró el reloj. Había llegado con tres segundos de antelación.

Hizo *toc-toc-toc* con la aldaba y dio un paso atrás, a la espera de que los Pipplewak la invitaran a entrar.

La puerta se abrió casi en el mismo momento en que soltó la aldaba.

—¡Adelante, Nelly! ¡Pasa, por favor! —gorjeó alegremente una Pipplewak, invitándola a entrar con sus cuatro alas.

Las plumas de la Pipplewak abanicaron la cara de Nelly y le alborotaron el flequillo.

—¡Qué contenta estoy de tenerte aquí, Nelly! —trinó la Pipplewak mientras avanzaba a saltitos por el pasillo—. Nuestros primos nos han hablado muy bien de ti.

LOS PIPPLEWAK

Nelly se lijó los pies en el felpudo antes de entrar (y es que los felpudos, las alfombras y, en general, los suelos de las casas de los Pipplewak son de pura lija).

—¡Es un placer conocerla! —saludó Nelly, cerrando rápidamente la puerta tras ella para seguir la larga cola como de canguro que iba enroscándose por el pasillo—. Por cierto, ¡no me ha dicho su nombre!

Cuando la punta de la cola de la Pipplewak desapareció tras una esquina del pasillo, Nelly se preparó para las presentaciones oficiales. Volvió a alisarse las arrugas del jersey y entró en el salón de la vivienda.

—Esta es Millet, mi esposa —trinó un pico azul.

—Y este es Bill, mi marido —gorjeó un pico blanco.

De pie uno al lado del otro en medio del gran salón, la pareja de Pipplewak

sonreía con sus picos como gigantes-
cos cascanueces. Nelly levantó la mirada, hacia el altísimo techo rematado
por una bóveda, y luego volvió a fijarse
en sus anfitriones.

Parecían recién casados. Se abra-
zaban tiernamente con sus cuatro alas
(ocho alas en total) y lucían esa incon-
fundible mirada de los pájaros enamorados. Pájaros enamorados africa-
nos, para ser más exactos, ya que los
Pipplewak se parecían mucho a un
par de avestruces.

Tenían el pecho muy ancho, con plumas
de color morado brillante y las típicas
patas de avestruz, blancuzcas y de rodillas huesudas, con unas garras anaranja-
das en forma de estrellas de mar rema-
tadas en uñas afiladas, como las de un
perezoso.

La pareja de la avenida del Caramelo Relleno era prácticamente igual que sus primos de la calle del Chicle de Menta.

Para Nelly, la única diferencia era el brillo en las miradas de Millet y Bill. Los tres ojos que se balanceaban en lo alto de sus cabezas centelleaban con el resplandor fluorescente de la fibra óptica azul.

Definitivamente, eran una pareja feliz.

Cuando Nelly avanzó y les tendió la mano, los Pipplewak hicieron una reverencia y se separaron como las cortinas del telón de un teatro.

—Es un placer estar con... con... ustedes —titubeó Nelly, sin dejar de mirar hacia el hueco que se había abierto entre los dos Pipplewak.

Allí, tras ellos, sobre el suelo, cómodamente instalado en un nido rosa, había un enorme huevo de color amarillo limón.

Nelly pestañeó, boquiabierta. No solo estaba ante el huevo más grande que había visto en su vida. Es que, además, el huevo... ¡llevaba puestos unos cascos!

—¡Un huevo! —exclamó.

—Nuestro huevo —trinaron Millet y Bill con orgullo.

—¡Un huevo... muy grande! —continuó Nelly.

—Gracias —gorjeó Millet—. ¿Te sorprende?

—Sí, o sea..., no, o sea..., no lo sé —respondió Nelly—. La verdad es que nunca sé con qué me voy a encontrar cada vez que voy a hacer de niñera de monstruos.

Los Pipplewak aletearon un par de veces para animarla a acercarse. Nelly avanzó dos pasitos hacia el nido y luego siguió con la mirada el cable en espiral que serpenteaba por el suelo de lija hasta un enchufe situado en la pared del fondo.

—¿Un huevo... muy grande... con cascos? —preguntó, luchando por recuperarse de la sorpresa.

—Así es, Nelly —trinó Bill, mirando el huevo con auténtica adoración—. Le ponemos música. Dicen que ayuda a desarrollar la mente de los bebés.

—¿No lo hacen también los humanos, Nelly? —gorjeó Millet.

Nelly sacudió la cabeza para ver si, por fin, su cerebro se desbloqueaba y volvía a funcionar.

—Pues... en realidad... sí... Algo de eso he oído —consiguió decir—. Perdónenme, por favor. Es que nunca había visto... estooooo... unos cascos tan grandes —añadió, intentando no ser grosera con lo del gigantesco tamaño del huevo.

—Bah, solo son unos auriculares de tamaño normal —trinó Bill mientras acariciaba cariñosamente el huevo con la punta de una de sus cuatro alas.

Nelly se arrodilló para que su cabeza quedase a la altura del huevo y, animada por las sonrisas de los orgullosos papás, acarició la cáscara. Era suave, cálida y dura, como una piedra encontrada en la playa que conserva el calor del sol.

—¿Puedo? —preguntó, educada.

—Por favor —gorjeó Millet.

Nelly se inclinó y, con mucha delicadeza, pegó una oreja a la cáscara. Intentaba detectar alguna señal de vida, pero solo logró oír la musiquilla que salía de los cascos.

LOS PIPPLEWAK

—¿Ya han decidido cómo se llamará? —preguntó.

—Si es niño, Grozzle —trinó Millet.

—Y si es niña, Mush —gorjeó Bill.

—¡Qué nombres tan originales! —dijo Nelly mientras se levantaba frotándose las rodillas, que acababa de lijarse contra el suelo—. Bueno, pues... ¿y si me presentan ya a sus otros hijos?

—No tenemos más hijos —trinó Bill—. Queremos que cuides a nuestro huevo.

Nelly se quedó patitiesa medio segundo, pero enseguida tragó saliva y levantó con entusiasmo los dos pulgares.

—¡Sí, claro, por supuesto! —dijo con una gran sonrisa—. ¡Quieren que haga de niñera de su huevo! Ya me lo ejem… imaginaba…

—En principio, no tiene por qué haber problemas… —trinó Millet—. No le toca abrirse hasta el próximo jueves.

—¡Ah, perfecto! —sonrió Nelly, mirando hacia el nido un poco nerviosa.

—Si te parece, nos gustaría ir un momento a la ferretería para comprar *sábanas de lija ultra-absorbentes* para la cuna —gorjeó Millet—. ¿Las has visto anunciadas en la tele?

Nelly negó con la cabeza. Desde que trabajó para los Cowcumber, evitaba ver canales telemonstruosos[*].

---

[*] Si quieres conocer esta aventura, lee *Los Cowcumber*, el n.º 4 de la colección «Niñera de monstruos».

44

LOS PIPPLEWAK

—No sabes lo que puede llegar a ensuciar un *bebé* Pipplewak... —trinó Bill—. ¡Vamos a necesitar sábanas de lija de cuatro capas y triple absorción para su cuna!

Muy orgullosos, los Pipplewak le mostraron una cuna metálica colocada junto a una ventana. Tenía unos barrotes que serían la envidia de cualquier cárcel de máxima seguridad.

—Estaremos fuera solo un par de horas —gorjeó Millet—. Pero si te supone algún problema, Nelly, nos quedamos en casa y todos tan contentos.

Nelly negó con la cabeza, decidida.

—Vayan tranquilos —dijo—. Podría apañármelas perfectamente con Grozzle o con Mush, pero seguro que, cuando vuelvan, ¡su bebé seguirá tan feliz dentro de su cáscara!

Muy tranquilos ante las muestras de confianza que daba Nelly, los Pipplewak se dirigieron a la salida. Pero, antes de irse, Millet se sintió obligada a tranquilizarla un poco más. Se volvió hacia ella, sacudió su larga cola y colocó las cuatro alas sobre los hombros de Nelly.

—Si el huevo se abre, Nelly... —trinó.

—... cosa que no va a pasar... —gorjeó su marido.

—Sí, claro, pero si el huevo se abriera, aunque estamos segurísimos de que eso no va a ocurrir, aquí tienes algunas instrucciones —trinó Millet—. Tú síguelas y todo irá bien...

LOS PIPPLEWAK

Nelly esperó en la puerta mientras Millet sacaba un papelito de su bolso y garabateaba unas líneas. Luego plegó la nota varias veces y se la dio para que la guardase.

Nelly se la metió en un bolsillo trasero de los vaqueros y luego retrocedió al ver que Millet volvía a entrar en la casa mientras gorjeaba:

—Perdona un momentito... Aún tengo una cosita que hacer. Solo por si acaso.

Nelly miró a Bill y sonrió.

—Todo irá bien —le dijo—. Porque está claro que el huevo no se abrirá hasta dentro de cinco días, ¿verdad?

—¡Exacto, Nelly! El próximo jueves. Y los nacimientos de los Pipplewak nunca se adelantan —trinó Bill—. Bueno, casi nunca.

—Bill tiene razón, Nelly —gorjeó Millet, que volvía de la cocina después de hacer lo que tenía pendiente—. Nuestro huevo no se abrirá... Te lo prometemos.

Nelly asintió con la cabeza, aliviada. Le había gustado mucho oír que los nacimientos de los Pipplewak NUNCA se adelantaban.

Pero cuando cerró la puerta, miró el reloj y se mordisqueó el labio.

En el fondo, no podía dejar de pensar que alguien estaba a punto de salir de su cascarón.

CAPÍTULO 4

elly volvió al salón y se que-
mirando el huevo.

al como habían prometido los Pip-
wak, parecía tener tanta vida como
pedrusco.

Nelly suspiró y se dedicó a mirar a
alrededor.

Normalmente, cuando cuidaba de un
nstruito, en el momento en que los
pás monstruo salían de casa estaba la emoción. Pero, a falta de

49

monstruitos, se notaba un extraño vacío. El diseño de la casa, tan amplio y despejado, hacía que pareciese aún más desierta.

Como era habitual en las viviendas de los Pipplewak, la decoración tenía una clara inspiración pajaril.

—¡Tendría que haberme traído el bañador! —sonrió Nelly al descubrir en un rincón una enorme bañera de mármol para pájaros, semicircular y bastante profunda. Era tan grande que habrían cabido sin problemas tres avestruces a la vez, y tenía cuatro tipos de chorros de hidromasaje.

Después de toquetear todos los mandos de la bañera, Nelly fue hacia la zona donde estaba la cuna. Junto a ella se encontraba la cocina de los Pipplewak, apenas separada por un tabique que le llegaba a la altura de la cintura. A Nelly le bastó un pequeño vistazo para darse cuenta de que allí no había patatas para pelar ni ropa para planchar.

Unos pasos a su izquierda, encontró un libro en un estante. Se titulaba *Mi primer abecedario Pipplewak ilustrado*, y quedaba justo al alcance del ala a través de los barrotes de la cuna. «A de Apetito», decía la primera página.

—Y de «Aburrimiento»... —suspiró Nelly.

Volvió a colocar el libro en el estante y se dedicó a mirar el móvil que colgaba sobre la cuna. Estaba hecho con tubos metálicos, y al rozarlos, sonaron como campanas de iglesia.

Nelly miró a su alrededor. En la casa de los otros Pipplewak que había conocido tampoco había sofás ni butacas donde sentarse. En vez de eso, varios trapecios colgaban del techo gracias a unas gruesas cadenas. Los Pipplewak prefieren estar posados a sentarse.

Nelly acabó subiéndose en un trapecio para dos. Se sentía como si estuviera en un columpio de jardín, solo que sin los árboles y sin el césped.

Ahogó un bostezo y volvió a mirar el huevo, que seguía en su nido. Era gigantesco. Si hubiera sido un huevo de chocolate, habría hecho falta una semana entera para acabárselo.

Mientras se preguntaba si se abriría como un huevo normal de gallina, Nelly se dio un poco más de impulso en el trapecio, pero al poco rato utilizó las suelas de sus zapatillas como si fueran frenos y saltó al suelo.

En un rincón había otra cadena más pequeña de la que colgaba un objeto metálico, y fue a investigarlo. Visto de lado, parecía un adorno navideño, pero de frente resultó ser un espejo gigante para periquitos.

—Hola, yo —se dijo a sí misma.

—Hola, tú —le respondió su reflejo.

—¿Cómo estás hoy?

—Bien, gracias.

—Yo también. Estoy cuidando de un Pipplewak.

—¡Yo también!

—En realidad, estoy cuidando un huevo.

—¡Y yo!

—Qué casualidad.

—¡Lo mismo digo!

Nelly se acercó más al espejo y se miró los dientes. Luego dio un paso atrás para mirarse el jersey y, por primera vez, se dio cuenta de lo raro que se leía «SARDINA» al revés.

Después se volvió hacia el huevo. Se veía tan extraño allí en medio, con sus auriculares puestos...

—Bueno, ya es hora de que me presente —decidió Nelly.

Fue hacia el huevo y se sentó a su lado con las piernas cruzadas.

—Hola, huevo —dijo—. Me llamo Nelly, y soy niñera de monstruos. Encantada de conocerte.

El huevo se quedó en su nido, haciendo lo que hacen los huevos. O sea, nada.

—¿Estás deseando que llegue el gran día? —siguió Nelly—. Ya no te queda nada para ser un Grozzle o una Mush. Qué emocionante, ¿eh?

Si el huevo estaba emocionado, desde luego no lo demostró.

—¿Qué música escuchas? —preguntó Nelly, intentando descifrar el ruidito que salía de los auriculares—. ¿Me dejas los cascos un ratito, porfi?

El huevo no dijo que no, así que Nelly se tomó su silencio como un «sí».

Agarró los auriculares y los separó del huevo con mucho cuidado. Los cascos se cerraron inmediatamente como las pinzas de un cangrejo, cayeron al suelo y llegaron rebotando por el suelo hasta el regazo de Nelly.

—Te los devuelvo enseguida, ¿vale?

Nelly intentó abrirlos con todas sus fuerzas, pero estaban mucho más duros de lo que había imaginado. Por fin consiguió separar un auricular de otro unos diez centímetros, pero al momento volvieron a cerrarse y cayeron de nuevo en su regazo.

—Bueno, mejor no me los pongo. Acercaré el oído y ya está.

Escuchó con toda atención. Era *rock* duro pajarero, lleno de gorjeos chi-

rriantes mezclados con guitarras eléctricas. También se oían unos tambores, unas maracas y algo parecido al chillido de una gaviota. Daba un poco de dolor de cabeza, la verdad.

—Vale, ya te los devuelvo.

Nelly intentó con todas sus fuerzas volver a abrir los cascos para ponérselos otra vez al huevo. Pero era como intentar abrir un cascanueces oxidado.

Apretó los dientes y tensó los brazos hasta no poder más, poniéndose
colorada por el esfuerzo.

—¡Abríos! —les gritaba a los cascos.

Los codos le temblaban... Estaba
ganando... Los cascos acabarían se-
parándose...

Nelly frunció el ceño y gruñó como
un Huffaluk:

—¡ABRÍÍÍÍOOOOOOOS!

Poco a poco, los cascos empezaron
a abrirse, pero aún le faltaba ponérselos a su dueño. Empezó a deslizarlos
por la parte más estrecha del huevo,
lista para dejar que se cerraran muy
despacito un poco más abajo.

LOS PIPPLEWAK

—Suaaaaavemente... —susurró.

Le sudaba la frente, le lloraban los ojos...

—Casi están... —dijo mientras deslizaba los cascos sobre la cáscara.

¡¡¡*TOC-TOC-TOC*!!!

Nelly pegó un brinco, sobresaltada al oír la aldaba de la puerta de los Pipplewak, que en una casa tan vacía sonó como una ametralladora.

Toda la serenidad que había logrado reunir en los últimos minutos se fue a pique al instante. Las muñecas se le doblaron... y los cascos se cerraron de golpe sobre el huevo, como una trampa para osos.

Nelly miró la cáscara, horrorizada.

Se oyó un crujido, y una grieta empezó a abrirse paso justo en mitad del huevo.

Nelly se tapó la boca para no gritar.

Luego volvió la cabeza hacia el pasillo. ¿Quién estaría llamando a la puerta? ¿Serían los Pipplewak? Pero ellos seguramente tendrían llave... Y si no eran ellos, ¿quién llamaba? ¿Sería importante? ¡A lo mejor sí!

Nelly observó la grieta en la cáscara. Puede que no fuese tan grande... A lo mejor solo era una rajita de nada... Al fin y al cabo, no había crecido en los últimos segundos... ¡Igual se quedaba así y no avanzaba más!

Presa del pánico, Nelly se puso en pie, corrió por el pasillo y abrió la puerta de golpe.

¡Pero allí no había nadie!

Miró hacia la izquierda, hacia la derecha, hacia el caminito del jardín...

El corazón le iba a mil por hora. Estaba *segura* de que alguien había llamado a la puerta, pero... ¿quién? ¿Y adónde había ido?

Se quedó quieta un momento. Sentía las piernas de plomo, y cuando bajó la mirada hacia sus pies...

En el suelo, justo delante de la puerta, había un *sobre blanco* con la palabra «Nelly» escrita con *boli azul*.

Nelly cogió el sobre y lo abrió. En su interior había un mensaje escrito con una única palabra:

«¡NO!».

Nelly miró rápidamente hacia la calle de la Frambuesa, justo a tiempo de ver cómo una chaqueta naranja que le resultaba muy familiar (la chaqueta de su hermana) desaparecía a toda velocidad por la esquina.

—¡AAASTIIIIIII! —gritó—. ¡¡¡ME LAS VAS A PAGARRRR!!!

Nelly cogió la nota y la rompió en mil trocitos, que cayeron al suelo como si fueran confeti. ¡Por culpa de su hermana se había metido en un terrible lío!

CAPÍTULO 5

oce kilos de pavo vivito y coleando, con sus cuatro alas, sin plumas y con un pico de proporciones industriales... Esta sería una posible descripción del polluelo de Pipplewak que había nacido durante la breve ausencia de Nelly.

Otra posible descripción sería: una pesadilla desplumada.

Nelly se arrodilló junto al nido y se quedó mirando el huevo, horrorizada.

Un polluelo de Pipplewak húmedo y regordete, sentado en una sopa de clara de huevo y moco, intentaba salir del cascarón. Con cada aleteo se iba pringando un poco más de esa sopa asquerosilla, y de paso pringaba la alfombra de lija.

Cuando salpicó la cara de Nelly, ella cerró los ojos y puso cara de asco.

—¡PIIIP! —chilló entonces el polluelo. Era un sonido fuerte, como el mugido de un toro, y también áspero, como el croar de una rana. Una especie de grito «ranotaurino».

Nelly se había quedado sin palabras.

—¡PIIIIP! —chilló de nuevo el bebé Pipplewak, volviendo hacia Nelly su cuello fino y pálido como una salchicha cruda y clavándole la mirada de sus tres colgantes ojos azules.

De pronto, el polluelo consiguió levantarse de la repugnante sopa en la que nadaba, y Nelly lo miró, espantada. Sus patitas debiluchas apenas lo sostenían y acabó cayéndose de lado.

La cáscara se volcó como una olla, y al hacerlo, salpicó de pringue la alfombra completa y llegó hasta las rodillas de Nelly.

Ella se levantó de un salto y salvó los cascos de cualquier daño por inundación viscosa.

—¡PIIIIIP! —graznó el polluelo a la vez que estiraba el cuello e intentaba desenroscar la cola de canguro que arrastraba a su espalda.

—¡Quiere que lo coja en brazos! —exclamó Nelly—. Glups… Espero que no crea que soy su mamá.

—¡PIIIIIIP! —volvió a gritar el bebé Pipplewak.

—Sí. Está claro que quiere que lo coja en brazos —se estremeció Nelly.

El recién nacido se tambaleaba al borde del nido, mirándola fijamente. Su piel sin plumas brillaba de puro pringue, y movía como loco sus cuatro alas de color rosa.

Nelly tragó saliva. No es que no tuviera instinto maternal... Es que quería proteger su jersey favorito. ¡Por nada del mundo quería que se le llenase de los fluidos de un bebé Pipplewak!

Miró a su alrededor buscando alguna especie de chaleco protector para su jersey preferido, pero, tal como se temía, no encontró nada que le sirviera.

De repente, el polluelo se cayó del nido y se quedó con la cabeza aplastada contra la alfombra de lija, en medio de un estruendoso «¡PIIIIIIP!».

Sin pensárselo dos veces (y olvidándose de su jersey), Nelly lo levantó del suelo y empezó a acunar a aquella enorme masa pringosa.

Pesaba una tonelada. Doce sonrosados kilos y ocho gramos, para ser exactos.

—¡PIIIIIIIIIP! —tronó el polluelo, a cinco centímetros de la oreja de Nelly.

Ella sintió un escalofrío... y el cerebro se le quedó zumbando un buen rato.

—¡Baja el volumen! —le pidió, mirándolo fijamente a los ojos.

Vista de cerca, la piel del bebé Pipplewak estaba llena de motitas moradas de donde se supone que nacerían un montón de plumas.

—Eres una auténtica monada, ¿a que sí? —le susurró cariñosamente Nelly, levantándolo como si fuera un saco de patatas. Se lo acomodó en el regazo y le hizo cosquillitas en las garras de color naranja.

—¡PIIIIIIIIIIIIIIIIIIIIP! —soltó el polluelo a todo trapo.

Nelly se puso bizca y sacudió la cabeza, intentando absorber aquella cantidad de decibelios.

—¿Qué porras significará «PIIP»? —se preguntó.

Las alas del recién nacido comenzaron a vibrar a un ritmo frenético.

Nelly miró el nido, y luego hacia la cuna. Le dolían los brazos, necesitaba dejar al polluelo en algún sitio, y la cuna, con o sin sábanas de lija, parecía el mejor lugar para hacerlo. No estaba llena de sopa viscosa, como el nido, sino limpia y seca, y tenía la ventaja añadida de estar rodeada por barrotes de acero. Era imposible que el bebé Pipplewak se cayera de ahí.

—Ven a conocer tu cuna —dijo Nelly, tambaleándose con el polluelo en brazos—. O mejor..., espera aquí un momento.

Y lo dejó en el suelo, junto a la cuna.

—Como todavía no tenemos sábanas de lija, voy a buscar algo parecido...

Mientras el recién nacido se tambaleaba sobre sus patitas finas como palillos, Nelly corrió hacia la entrada de la casa, cogió el felpudo de lija y volvió con él bajo el brazo.

—De momento, nos las apañaremos con esto —dijo, poniendo el felpudo en la base de la cuna.

Nelly cogió en brazos al *bebé* Pipplewak, que al instante hizo «PIII-PIIIIIIIIIIIIIIIIIP», y entre resoplidos, por fin consiguió auparlo por encima de los barrotes para dejarlo en la cuna.

Automáticamente *se* limpió las manos en los pantalones, y entonces *se* dio cuenta de cómo tenía el jersey... Su «SARDINA» parecía ahora una sardina en aceite.

—Mamá va a matarme —*se* dijo, intentando limpiarse con una manga.

Se secó la frente con la otra manga... y pegó un bote al ver lo que estaba haciendo el polluelo. Había logrado asomar el pico y las alas entre los barrotes de la cuna, en dirección a la cocina, y se puso a gritar «PIIIIIIIII-PIIIIIIIIIIIIIIP» a toda potencia.

Estaba claro que quería algo, y lo quería YA.

Nelly se quedó desconcertada un momento, pero enseguida buscó en el bolsillo trasero de sus vaqueros.

Acababa de acordarse de la nota que Millet le había dado antes de marcharse con Bill.

La desplegó rápidamente y se concentró en las instrucciones.

Con letra suave y emplumada, Millet había escrito un sencillo mensaje: «Si el huevo se abre, por favor, dale de comer. (La comida está en la cocina)».

Nelly se quedó mirando primero la nota y luego al polluelo, que estaba a puntito de volver a abrir el pico para soltar otro de sus «PIIIIIIIIIIIIIIII- PIIIP».

—¡Tienes hambre! —exclamó—. Eso era lo que querías decirme... ¡Que tienes hambre!

Nelly volvió a meterse la nota en el bolsillo y salió pitando hacia la cocina.

—¡Ajá! —dijo con voz triunfal. Acababa de ver un pequeño *post-it* amarillo pegado en la nevera que ponía, con la letra de Millet: «COMIDA».

Nelly miró hacia el horno. Había otro *post-it* idéntico.

—¡Ahora sí que vamos bien! ¡Aquí tiene que haber un montón de provisiones!

Sonrió al polluelo y *se* lanzó a la nevera.

—¿Qué habrá? ¿Qué habrá? —dijo mientras abría la puerta y *se* asomaba al interior.

El cuello flacucho del *bebé* Pipplewak colgaba entre los barrotes de la cuna como un calcetín de Navidad. Con las mandíbulas abiertas, su pico parecía una excavadora.

Nelly miró en el estante de arriba de la nevera.

Nada, vacío.

A continuación miró el siguiente estante.

También vacío.

Y el siguiente. Y el otro.

Nelly se arrodilló y metió la cabeza
en el hueco de la nevera. Estaba vacía,
vacía, vacía... Por no haber, no había ni
luz. Ni siquiera había frío.

—¡PPPPPPPIIIIIIIIIIIIIIIIIIII-
PIIIIIIIIPPPPPPPP! —tronó el recién
nacido en cuanto vio que Nelly se ponía
de pie y cerraba la puerta de la nevera.

Nelly la tanteó por encima y miró
por la parte de atrás. Ni siquiera estaba enchufada...

elly se volvió hacia el polluelo. Se le había puesto la cara azul y el pico rojo. Se le veían las pupilas brillantes de color verde esmeralda, y las antenas de las que colgaban sus tres ojos, que antes oscilaban como un muelle, estaban ahora tiesas como un lápiz. Las tripas le rugían.

El bebé Pipplewak movió frenéticamente sus alas desplumadas y pateó el suelo con sus garras en dirección a la nevera.

Nelly buscó entonces en el horno. No albergaba muchas esperanzas, porque si Millet no había tenido tiempo de llenar la nevera antes de salir, era más improbable aún que hubiese tenido tiempo de cocinar algo.

El felpudo empezó a echar chispas bajo las patas del polluelo, que pisoteaba emocionado y hacía saltar trocitos de lija.

Nelly abrió la puerta del horno y se agachó para mirar dentro. Al contrario de lo que anunciaba el *post-it*, allí tampoco había rastro de comida. Sin embargo, todo parecía indicar que hacía poco que habían cocinado ahí. De hecho, aún olía a bizcocho quemado.

Pero no había comida. Ni leche, ni papilla, ni potitos, ni galletas..., ni nada de

lo que porras comiesen los *bebés* monstruo. Nada en el frigo, nada en el horno,
nada en los armarios... La cocina de los
Pipplewak hacía eco de puro vacía.

—¡PPPPPPPPPPPPPIIIIIIIIIIII-
PIIIIIIIIIIIIIIIIIIIIIIIIIIIIIIIIIIIIIIP!
—gritó el polluelo al ver que Nelly cerraba la puerta del horno.

Ella *se* rascó la cabeza. Debía de
haber un algún tipo de comida, la que
fuese, por algún sitio. Pero ¿dónde?

Había una puerta que comunicaba
la cocina con el garaje. Tal vez allí hubiese un congelador lleno hasta los to-
pes de comida para *bebés* monstruo.
Después de todo, los padres de Nelly
guardaban la comida congelada en un
sitio parecido.

Nelly agarró el pomo y la puerta chirrió y *se abrió* hasta que chocó con algo duro. El garaje estaba lleno de basura. Había hornos viejos, neveras viejas, piezas de coche viejas, equipos de sonido viejos, microondas viejos..., apilados formando columnas desde el suelo hasta el techo. Aquello parecía más un cementerio de trastos viejos que un garaje.

—Y ahora ¿qué puedo hacer? —gimió Nelly—. ¡Ojalá tuviera otro *post-it* con instrucciones!

Fue corriendo de vuelta junto a la cuna con intención de calmar al polluelo. Pero, por más que Nelly hacía, nada conseguía tranquilizarlo. Solo la comida. Aquel monstruoso *bebé* estaba fuera de sí del hambre que tenía.

Parecía que los ojos se le iban a salir de las órbitas, la tripa seguía rugiéndole y las alas se le movían como las ramas de una palmera azotada por un huracán.

—¿Y qué hago, si no hay comida? ¿Me la invento? —suspiró Nelly—. ¡Ya he mirado por todas partes!

El polluelo comenzó a emitir un nuevo tipo de ruido que, en vez de «PIIP», era algo así como «PUUP» y recordaba a una queja de lo más angustiosa:

—¡PUUUUUUUUUUUUUUUUU-PUUUUUUUUUUUUUUUP!

Chop, choppp, sonó entonces dentro de la cuna.

Nelly tuvo que taparse la nariz antes de asomarse.

Al parecer, en medio de uno de esos chillidos de frustración, el polluelo había abierto su «tren de aterrizaje» trasero y ahora la cuna estaba llena de pringue de color mostaza.

—Puaj, qué asquito... —gimió Nelly.

En un *segundo* cambió su plan inicial de tranquilizar al *bebé* Pipplewak con un abrazo por otra estrategia más higiénica, que consistía en buscar un trocito de cuerpo que no estuviera lleno de porquería y acariciarlo a través de los barrotes.

—Tranquilo, tranquiiiilo —le dijo—. Papá y mamá llegarán enseguida.

Pero el polluelo no tenía ninguna intención de tranquilizarse. Empezó a saltar como un canguro, meneando la cola de un lado a otro y abriendo y cerrando el pico en dirección al móvil que colgaba sobre la cuna.

Nelly se quedó a una distancia prudencial para evitar que volviera a salpicarla de pringue, mientras intentaba interpretar aquella repentina obsesión del bebé Pipplewak por los tubos metálicos del móvil.

—¡Gusanitos! —exclamó—. ¡Estás tratando de decirme que te gustan los gusanos! ¡Voy a cazarte unos cuantos!

Convencida de que el polluelo estaría seguro dentro de la cuna, Nelly decidió aventurarse al jardín de atrás para intentar desenterrar algún gusanito con una pala de jardinería. Eso suponiendo que los Pipplewak tuviesen una pala de jardinería, claro.

No tenían.

Ni tampoco tenían lo que se dice un jardín trasero.

Cuando consiguió abrir la puerta de atrás, lo que Nelly se encontró fue solo asfalto y nada más que asfalto. Igualito que en la casa de los Pipplewak que había conocido antes que a estos.

Otro fuerte «PIIIIP» la devolvió a la realidad.

—¡Los gusanos! —exclamó.

Sin embargo, como suele ser habitual en un jardín sin jardín, no había ni un mísero gusano que encontrar, y Nelly tuvo que entrar en casa con un triste botín compuesto por dos mariquitas muertas y un pulgón verde.

—¡PPPPPPPPPPPPPPPPPPPPPIIII-PIIIIIIIIIIIIIIIIIIIIIIIIIIIIIIIIIIIIIIII-PIIIIIIIIIIIIIIIIIIIIIIIIIIIIIIIIIIIIIIII-PIIIIIIIIIIIIIIIIIIIIIIIIIIIIIIIIIIIIIIII-PIIIIIIIIIIIIIIIIIIIIIIIIIIIIP! —graznó el polluelo, al borde del síncope.

Nelly le lanzó ese triste menú en el que los gusanos brillaban por su ausencia, pero, de pura frustración, el polluelo empezó a darse golpes contra los barrotes de la cuna.

—Ha llegado la hora de tomar medidas serias —se dijo Nelly, sacando su teléfono móvil—. ¡Llamaré a tus primos Pipplewak! Si hay alguien que sabe qué come un Pipplewak, es otro Pipplewak, ¿no? ¡Quizá hasta podrían traerme comida para *bebés*!

—¡PPPPPPPPPPPPPPPPPPPPIIIIIII-PIIIIIIIIIIIIIIIIIIIIIIIIIIIIIIIIIIIIIIIIII-PIIIIIIIIIIIIPPPPPPPPPUUUUU-PUUUUUUUUUUUUUUUUP! —soltó el polluelo al mismo tiempo que sonó otro *choppp*.

—¿De dónde saldrá todo eso? —se preguntó Nelly mientras miraba asqueada el repugnante (y humeante) pringue amarillento que iba escurriéndose por los barrotes de la cuna.

Nelly se dispuso a aporrear el teclado del móvil, pero nada más hundir el dedo en el primer botón, se quedó paralizada. No podía ser... Era horrible...

¡Se había quedado sin batería!

Esa mañana había pensado en ponerlo a cargar, pero, al final, ¡el maldito gato del vecino la había distraído y se le había olvidado!

Otro sonoro «PPPPPPPPPIIIIIIIIIIII-PIIIIIIIIIIIIIIIIIIIIIIIIIIIIIIIIIIIII-PIIIIIIIIIIIIIIIIIIIIIIIIIIIIIIIIIIIII-PIIIIIIIIIIIIIIIIIIIIIIIIIIIIIIIIIIIIP» sacudió los cimientos de la habitación.

—¡No me queda batería! —exclamó Nelly, desesperada, intentando explicar la situación al polluelo mientras le mostraba el teléfono móvil a través de los barrotes de la cuna.

El bebé Pipplewak miró el teléfono y al momento intentó lanzarse sobre el brazo de Nelly con el pico abierto.

—¡Has intentando morderme... a mí! —gritó, horrorizada, y al instante retiró el brazo y el teléfono. Pero entonces tuvo una repentina inspiración—: ¡Ya sé lo que haré! ¡Usaré el teléfono fijo de la casa!

Nelly buscó por todas partes.

¿Dónde estaría el teléfono fijo de los Pipplewak? Su mirada fue de la cocina a la repisa de la chimenea, y de ahí al alféizar de la ventana. Nada.

Tampoco había ni rastro del teléfono junto a la bañera. De hecho, lo único que aparecía conectado a la pared era la clavija de los auriculares. Pero tenía que haber un teléfono en algún lugar. Si Nelly era capaz de encontrar el cable, encontraría el teléfono.

De pronto, se fijó en la barra de uno de los trapecios y siguió las cadenas hacia arriba, hasta el techo.

LOS PIPPLEWAK

Por extraño que pareciera, allí, en lo alto de la pared, encima de una viga, a seis metros del suelo, estaba el teléfono.

Nelly se vino abajo. ¡De todos los sitios donde podían haberlo puesto, los Pipplewak habían elegido colocarlo allí, completamente fuera de su alcance!

¿Cómo porras iba a llegar hasta él?

CAPÍTULO 7

Nelly se quedó como hipnotida mirando el teléfono. Se sentía como una pulga frente a una montaña.

—¡PPPPPPPPPPPPPPPPPPPPIIIIIIII-IIIIIIIIIIIIIIIIIIIIIIIIIIIIIIIIIIIIIIII-IIIIIIIIIIIIIIIIIIIIIIIIIIIIIIIIIIIIIIII-IIIIIIIIIIIIIPPPPP! —rugió el bebé Oplewak, loco de hambre.

Nelly salió del trance y se volvió hacia la cuna con cara de «perdón, perdón».

El polluelo señalaba hacia el horno con sus cuatro alas y pateaba furioso el suelo de la cuna.

—Sé que tienes hambre —le dijo Nelly, comprensiva—, y estoy tratando de encontrarte algo para comer. ¡Solo necesito hacer una llamada y ya está!

El polluelo se puso a saltar arriba y abajo rebozándose en su propio pringue.

—Alguien va a necesitar un baño esta noche —dijo Nelly, y volvió a mirar hacia el techo—. ¿Cómo voy a llegar hasta ese teléfono? No tengo escalera, y tampoco una pértiga...

Dio un paso atrás, se frotó la barbilla, pensativa, y miró uno de los trapecios. Tenía que hacer algo ya.

—¿Y si me subiera ahí? Si me columpiase lo bastante alto, podría enganchar el teléfono con un pie, arrastrarlo y hacer que se caiga de la viga —pensó en voz alta.

Para alguien que nunca había trabajado en un circo, era un plan un pelín ambicioso. Pero Nelly caminó veinte pasos atrás y se sentó sobre el trapecio, decidida a intentarlo. Se agarró a las cadenas, se empujó hacia atrás y se impulsó dando una fuerte patada.

Al principio, el trapecio se movía lentamente, pero pronto consiguió coger más impulso.

Con cada balanceo, Nelly se acercaba un poco más al techo y a la viga donde estaba el teléfono. Su coleta brincaba de un lado a otro y las mejillas se le hinchaban mientras subía más y más.

Miró abajo, hacia la cuna. Desde arriba se disfrutaba de una privilegiada vista aérea del polluelo... y de una repugnante visión perfecta de su pringue de color mostaza.

Nelly volvió a concentrarse en su objetivo. Su plan de llegar a coger el teléfono con un pie empezaba a parecerle posible.

Le faltaba muy poco para alcanzar el techo..., aunque se le estaba empezando a revolver el estómago.

Nelly se aferró a las cadenas y fijó la mirada en la viga. Aunque estirase del todo las piernas, el objetivo aún seguía quedando a un metro de sus pies.

LOS PIPPLEWAK

Volvió a impulsarse hacia arriba como un cohete y hacia atrás como una bomba que cae en picado.

En cada subida, su trasero iba resbalando peligrosamente hacia atrás, y en cada bajada, se deslizaba peligrosamente hacia el borde del asiento.

Pero, si quería hacer esa llamada, debía conseguir enroscar un pie en el cable del teléfono.

Se preparó para el siguiente balanceo y, con gran valentía, se agarró fuerte a las cadenas, apretó los dientes y se echó hacia delante.

—¡Ahora! —se dijo, sabiendo que con un empujoncito más conseguiría cumplir su misión. Eso..., o estamparse de morros contra el suelo.

Decidida, miró hacia la viga y, al grito de «¡ALLÁ VOY!», echó todo su peso atrás y se impulsó hacia el techo.

Solo faltaba un palmo.

Nelly empezó a estirar los dedos de los pies dentro de las zapatillas. Estaba a centímetros de distancia de su objetivo. A milímetros.

Inspiró, se estiró, embistió y... cuando ya sentía que sus tobillos estaban a punto de romperse, consiguió enganchar el cable con la punta de una zapatilla.

—¡Lo tengo! —gritó.

Dio un tirón con el pie cuando estaba en lo alto del todo y contempló aliviada cómo el teléfono se movía de la viga y comenzaba a caer en picado hacia el suelo.

—¡Oh, no! —exclamó.

El cable del teléfono se estiró a tope, rebotó como una cuerda de *puenting* y luego fue de lado a lado, haciendo el Tarzán, directo hacia la pared.

Desde el trapecio, Nelly vio, horrorizada, cómo el teléfono de los Pipplewak se estampaba contra la pared como una bola de demolición y se hacía añicos.

—¡PPPPPPPPPPPPPPPPPPPIIIIII-PIIIIIIIIIIIIIIIIIIIIIIIIIIIIIIIIIIIII-PIIIIIIIIIIIIIIIIIIIIIIIIIIIIIIIIIIIII-PIIIIIIIIIIIIIIIIIIIIIIIIPPPPPPPPPP! —gritó el polluelo cuando algunos de los trocitos de plástico volaron junto a su cuna.

Nelly se quedó muda. Solo tenía ganas de llorar.

CAPÍTULO 8

elly estaba como congelada, ntada en el trapecio, mirando al in- to.

u única oportunidad de conseguir o de comida para el bebé Pipplewak acababa de desintegrar ante sus s. A pesar de todos sus esfuerzos, e fueron muchos, había fracasado.

o único que podía hacer ahora era erar a que Millet y Bill volvieran a sa.

Relajó las manos sobre las cadenas del trapecio, dejó de impulsarse y esperó a que se detuviera poco a poco. Completamente hundida, frenó con la punta de las zapatillas y bajó al suelo.

La cabeza del polluelo asomó entre los barrotes de la cuna. Tenía muy caídos los párpados de los tres ojos. Ya no podía ni piar.

Nelly le puso la mano en el pico para consolarlo.

—Me encantaría darte de comer, de verdad —suspiró—, pero no hay ni rastro de comida en toda la casa. No tenemos más remedio que esperar a que tus padres vuelvan.

El bebé Pipplewak aleteó débilmente y miró desesperado hacia la cocina.

—Seguro que no tardan —añadió Nelly.

El polluelo no solo parecía haber perdido la voz, sino también las ganas de vivir. Se tambaleó, aturdido, y acabó cayendo hacia atrás sobre el felpudo de lija lleno de pringue.

Nelly estaba empezando a preocuparse mucho. Era más que evidente que el recién nacido no solo quería comer, sino que TENÍA que comer. Estaba cada vez más débil y su ánimo empeoraba por segundos.

—Por favor, aguanta hasta que papá y mamá lleguen a casa —le pidió.

El polluelo se sentó con aire ausente sobre su propia mugre y posó su mirada vacía fuera de la cuna.

Nelly se dio cuenta de que no tenía opción. Con o sin su jersey favorito, tenía que coger en brazos al bebé Pipplewak. Se estiró por encima de la cuna, deslizó los dedos entre el pringue de color mostaza y agarró al polluelo por el trasero.

Tiró con fuerza de él y lo acunó.

Sentía el suave latido de su corazón contra el pecho. Sonaba muy débil. Y no era el único signo preocupante... El brillo de los ojos del polluelo se estaba apagando por momentos, y sus garras ya no tenían fuerza.

«¡Dios mío, se va a morir!», se angustió Nelly.

—¡Por favor, no te mueras! ¡No te mueras! —le suplicó.

A su mente acudían una tras otra las imágenes de todos los dramas sobre hospitales que había visto alguna vez en la tele. Pero no se veía haciéndole una reanimación boca a pico. Y practicarle un masaje cardiaco no parecía mejor opción.

—¡No te duermas! ¡Tienes que seguir despierto! —gritó al ver que los tres ojos del bebé empezaban a apagarse.

Nelly recordaba claramente un episodio de la serie *Ciudad Bisturí* en el que un niño se había quedado atrapado debajo de un contenedor de escombros. Los médicos tenían que esperar a que llegara un elevador de contenedores para poder liberarlo, y el problema era que el niño estaba a punto de quedar inconsciente.

«—Despierta, tienes que mantenerte despierto» —le había dicho uno de los médicos.

«—Si no, puede que nunca vuelvas a abrir los ojos» —le había susurrado otro.

Aunque a Nelly ya le dolían los brazos de sujetar al polluelo, lo acunó otro poco, se lo acercó a la cara y empezó a cantarle una cancioncilla para bebés.

—Gatito misinito, ¿qué has comido? Sopitas de leche. ¿Y para mí no has dejado? ¡Nada, nada, nada...! Hummm..., tal vez no —dijo Nelly, dándose cuenta (un poco tarde) de lo poco oportuna que resultaba en aquel momento una nana que hablase precisamente de comida.

Durante un segundo, las tres antenas que sostenían los ojos del polluelo parecieron estirarse, pero no tardaron en caer tristemente. Se estaba yendo por momentos.

Nelly miró a su alrededor en busca de algo que pudiera servirle de ayuda. Pero no había nada.

—Ya lo tengo... —dijo, clavando los ojos en la estantería—. ¡Vamos a leer el abecedario juntos!

El bebé Pipplewak subió ligeramente sus antenas oculares, pero al momento las dejó caer sobre el pico, sin fuerzas.

—Quédate despierto, amiguito, tienes que seguir despierto... —insistió Nelly, y fue corriendo hacia la estantería con él en brazos.

El polluelo *se* espabiló un poco con la carrerita y levantó la cabeza débilmente hacia la estantería. Nelly veía el libro, pero le era imposible alcanzarlo mientras tuviera los dos brazos ocupados.

—Voy a tener que dejarte en el suelo un momentito —le dijo en voz baja al recién nacido—. En un *segundo* te vuelvo a coger, ¿eh?

El *bebé* Pipplewak no opuso resistencia cuando Nelly lo bajó al suelo. Sus patas *se* doblaron como una silla de playa rota y el pico le cayó sobre el pecho.

Nelly *se* armó de valor y alcanzó el libro infantil que había en la estantería.

No había tiempo que perder. En menos que un querro agita sus cuatro colas, Nelly se colocó en el suelo con las piernas cruzadas y acomodó al polluelo en su regazo. Decidió pasar del habitual «¿estás cómodo?» e ir directamente al grano.

—«La A de Apetito» —leyó Nelly en la primera página del abecedario mientras le mostraba la primera imagen.

Era el dibujo de un horno.

—Eso del apetito ya sabemos lo que es, ¿verdad? —dijo sonriendo.

Y pasó a la siguiente página.

—«La B de Buenísimo» —leyó Nelly, y le enseñó otro dibujo de un horno.

Los ojos del *bebé* Pipplewak empezaron a recuperar *su* antiguo color azulado y abrió el pico.

Nelly frunció *el* ceño, pensativa, y pasó a la *siguiente* página.

—«La C de Crujiente» —leyó, y junto a la C había el *dibujo* de una nevera.

Las alas del polluelo comenzaron a vibrar, y Nelly notó cómo *se le* aceleraba el corazón.

Entonces empezó a pasar páginas rápidamente.

«La D de Desayuno» (y el *dibujo* de un horno)», «la E de Extremadamente hambriento» (y un *dibujo* de un horno y una nevera), «la F de Festín» (y un *dibujo* de un frigorífico), «la G de *Gourmet*» (y un *dibujo* de una nevera carísima).

LOS PIPPLEWAK

Aún iban por la página diecisiete y el bebé Pipplewak ya temblaba como un loco de emoción.

Nelly se dio una sonora palmada en la frente.

—¡Y la H de Hay que ser tonta! —gritó.

Volvió a coger al polluelo en brazos y fue tambaleándose hasta la cocina.

Cuando llegó, lo dejó en el suelo, frente al horno, y le dijo:

—Todo tuyo.

El bebé Pipplewak se quedó de pie, algo inestable, y al instante clavó el pico en el asa del horno.

Sus ojos habían recuperado su brillo azul cobalto, y sus garras se aferraban al suelo con la fuerza de anclas.

Nelly dio un paso atrás y se cubrió los ojos. El marco metálico del horno acababa de saltar hecho trizas, y el cristal de la puerta se hizo añicos como un parabrisas roto.

El polluelo no dio tiempo ni a que el último trozo de cristal rebotara en el suelo. Lo engulló al vuelo. Soltó un «PPPPPPPPPIIIIIIIIIIIIIIIIIIIIIIIIPIIIIIIIIIIPPPPPPPPPPPPPPPP» rompetímpanos, volvió a abalanzarse sobre el horno como un *velociraptor* hambriento y arrancó con el pico otro bocado metálico.

Nelly observó cómo los mandos del horno se deslizaban por su garganta.

LOS PIPPLEWAK

Y no había hecho más que empezar...

De un *solo* bocado, devoró la placa vitrocerámica de arriba.

—Se está dejando la nevera para lo último, igualito que hago yo con los guisantes —murmuró Nelly, boquiabierta.

Cuando ya había devorado todo el horno, incuido el *post-it* de su madre, *el bebé Pipplewak se* volvió hacia la nevera.

Las puertas de esmalte blanco *se* desintegraron entre *sus* mandíbulas haciendo tal ruido que Nelly tuvo que taparse los oídos. Luego, *el polluelo se* puso a devorar la bandeja de la fruta.

Los trocitos de plástico machacados volaban como metralla.

—Definitivamente, lo que le gusta dejarse para el final son los *post-it* —sonrió Nelly.

El *bebé* Pipplewak inclinó la cabeza hacia atrás para que le pasara mejor el motor de la nevera que acababa de zamparse. Entonces movió sus cuatro escuálidas alas, *se sentó muy satisfecho* en el suelo y engulló *el segundo post-it*.

Nelly volvió a acunar al polluelo en sus brazos y le acarició la cabeza.

—Por un momento creí que te perdía —le susurró, emocionada.

El *bebé* Pipplewak respondió con un sonoro eructo.

CAPÍTULO 9

—¡ES UN CHICO!
—trinó Bill, emocionadísimo.

—Ah, ¿sí? —dijo Nelly.

—¡Ay, mi pequeño polluelo prematuro! —gorjeó Millet—. Cuánto sentimos no haber estado aquí cuando rompió el cascarón, Nelly. De verdad que no esperábamos que naciese hasta el jueves.

Nelly decidió que mejor se guardaba para ella los detalles de cómo había sucedido todo.

Los Pipplewak habían vuelto a casa pocos minutos después de que el segundo *post-it* hubiera sido devorado.

Nelly no había tenido tiempo para ordenar un poco la casa. Tan solo había reunido el coraje para sacar el felpudo pringoso de la cuna.

Pero Millet y Bill no estaban nada preocupados..., sino locos de contento.

—Siento lo del teléfono —dijo Nelly, y dejó al polluelo entre las alas de su orgulloso padre—. Tuve un pequeño accidente.

Millet recogió los pedazos del teléfono y los depositó en el pico abierto de su hijo.

—Queremos dar a Grozzle una dieta variada, Nelly. Creemos que es muy importante para un pequeñín que está creciendo, ¿no te parece? ¿Has visto la cantidad de comida que guardamos en la despensa?

—Querrá decir en el garaje —replicó Nelly mientras recordaba toda aquella basura que se amontonaba tras la puerta de la cocina.

—No es un garaje, Nelly, es nuestra despensa.

—¡Para qué quieres un garaje si puedes volar! —trinó Bill.

Nelly sonrió. Todo empezaba a tener sentido. Grozzle no había querido morderla antes; ¡solo intentaba comerse su teléfono móvil! ¡Y el jardín trasero era una pista de aterrizaje para Pipplewak!

—¿Y esto? —preguntó Nelly, señalando el móvil suspendido encima de la cuna.

—Es un crecebebés —gorjeó Millet—. Colgamos esos apetitosos tubos metálicos fuera de su alcance para que estimulen al bebé a llegar más alto y crecer.

Millet extrajo uno de los tubos del móvil y lo introdujo con cariño en el pico abierto de Grozzle.

—¡Como siga comiendo así, dentro de nada se hará todavía más grande que su padre! —rio Nelly, y se volvió hacia la puerta. Era hora de volver a casa.

Los orgullosos papás Pipplewak la acompañaron hasta la salida.

—Muchas gracias por cuidar tan bien de Grozzle. Si hay algo que podamos hacer por ti a cambio, por favor, no dudes en pedírnoslo.

Nelly rechazó la oferta con una sonrisa. Pero cuando salió por la puerta, vaciló.

Miró hacia abajo y se arrodilló para recoger los trozos de la nota de Asti.

—En realidad, sí que hay algo que podrían hacer por mí. Y también por mi hermana —dijo.

—¡No tienes más que pedírnoslo! —trinó Bill.

—Muy bien, entonces... ¡lo haré! —sonrió Nelly.

CAPÍTULO 10

n duelo de susurros se
...ba aquella noche en casa de
...y.

—Sí —dijo Nelly al volumen justo
...a que se la oyera desde el final del
...llo.

—No —disparó la segunda voz
...de su habitación.

—Sí.

—No.

—¡A dormir! —rugió su madre desde su cuarto. Aún estaba que trinaba por cómo había quedado el jersey de Nelly después de hacer de canguro en casa de los Pipplewak.

Fuera, en el jardín, a la luz de la luna, estaba teniendo lugar una conversación muy diferente.

Barney, el gato negro y blanco del vecino, contaba con voz temblorosa a un gato siamés y a un gato a rayas:

—*Eztaba yo ezta tarde haciendo miz cozillaz, ya zabéiz (que zi meneíto de cola, que zi ronroneo…), cuando de repente oigo un «pío» en el árbol que eztá cerca de la valla. Y voy y pienzo: «Zerá un pobre gorrión indefenzo, o un polluelo recién zalido del cazcarón que eztá dezeando conocerme».*

»Me arraztro hazta el árbol, zubo por el tronco con eza elegancia que me caracteriza y, de repente, el bicho eze empieza a piar cada vez máz fuerte. Y voy y pienzo: «Ezto no ez un gorrión ni un polluelo»...

—¿Y qué bicho era? —preguntó el gato siamés.

—¡Uno zúper raro! —exclamó Barney—. ¡Raro y monztruozamente grande! Tenía cuatro alaz moradaz gigantezcaz, un pico del tamaño de una gatera, unaz pataz largaz y blancuzcaz, garraz de color naranja y unoz ojoz... ¡La coza máz terrorífica que he vizto en mi vida! Y lo ziguiente que puedo contar ez que el bicho eze me cogió por la cola... ¡y me colgó boca abajo!

—Alucinante —dijo el gato a rayas.

123

—Y va el monztruo eze y me amenaza: «Como te atrevaz a tocar a otro pajarito, te convertiráz en comida de querro» —contó Barney, tembloroso—. Y luego me dice: «Ya vez que zé dónde vivez».

—Increíble —dijo el gato a rayas.

—No zé vozotroz, tíoz, pero yo no pienzo volver a tocar un pájaro jamáz —añadió Barney—. A partir de ezte momento, comeré hierba y florecillaz.

—Yo también —dijo el siamés.

—Y yo —dijo el gato a rayas.

Dentro de casa, Nelly bostezó. Un día que había empezado regular acababa bastante bien. Solo faltaba una cosita...

—¡Sssssssí! —susurró, sonriendo.

LOS PIPPLEWAK

índice